D1133192

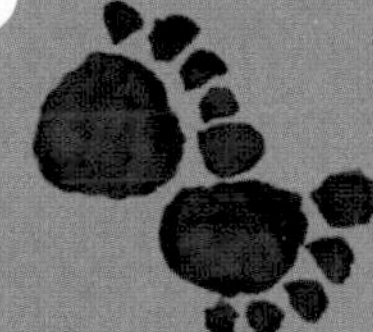

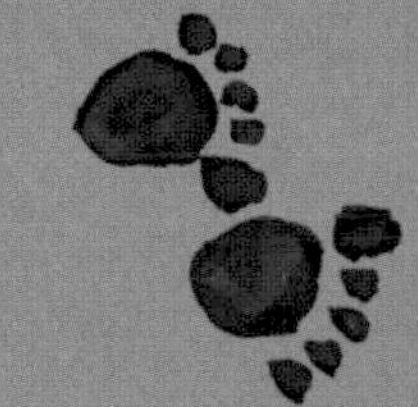

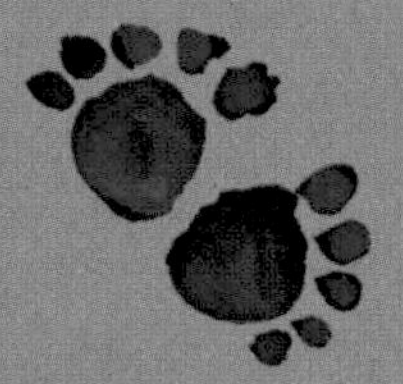

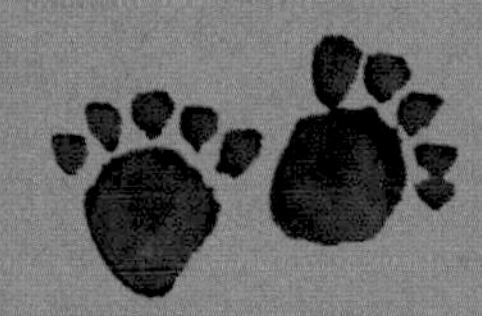

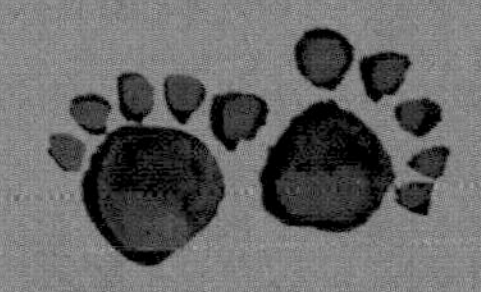

Para los alegres ositos de Quebec,
Anabelle y Nicolas.
Christian J.

Para Ariel Fruit.
M. B.

Puedes consultar nuestro catálogo en www.picarona.net

OSITO EL TERRIBLE
Texto: *Christian Jolibois*
Ilustraciones: *Marianne Barcilon*

1.ª edición: mayo de 2017

Título original: *Ourson le terrible*

Traducción: *Joana Delgado*
Maquetación: *Isabel Estrada*
Corrección: *M.ª Ángeles Olivera*

Edita: Picarona, sello infantil de Ediciones Obelisco, S. L.
Collita, 23-25. Pol. Ind. Molí de la Bastida
08191 Rubí - Barcelona - España
Tel. 93 309 85 25 - Fax 93 309 85 23
E-mail: picarona@picarona.net

ISBN: 978-84-9145-063-4
Depósito Legal: B-8.327-2017

Printed in Spain

Impreso en España por ANMAN, Gràfiques del Vallès, S. L.
C/ Llobateres, 16-18, Tallers 7 - Nau 10. Polígon Industrial Santiga.
08210 - Barberà del Vallès (Barcelona)

Christian Jolibois

Marianne Barcilon

OSITO EL TERRIBLE

En el bosque, por lo general muy tranquilo,
unos gritos terribles lo invaden todo.
¡Vaya alboroto!
¿Lo oís?

¡AAAAAAAAAAA!
¡IIIIIIIIIII!
¡OOOOAAAAAA!

En los senderos, entre los arbustos, empieza la desbandada.

—¡Sálvese quien pueda!

—¡Todos a cubierto, amigos!

—¡Que viene el monstruo!

—¡Que viene el monstruo!

—¡Que viene el monstruo!

¿Quién es la misteriosa criatura que hace
que los habitantes del bosque tengan tanto miedo?
¿Es un cazador que dispara contra todo lo que se mueve?
¿Una patata gigante?
¿Un ogro con dolor de muelas?
Pues no, no es nada de todo eso.

Alto como tres manzanas,
avanza el poderoso, el terrible,
el horripilante, el abominable:

¡OSITO EL TERRIBLE!

—¿Qué? ¿Qué pasa?
¿Es que quieres una foto mía?

Nada divierte más a nuestro osito que aterrorizar
a todo el que se encuentra.
El terrible chiflado va buscando con la mirada
a quien poder fastidiar hoy.

¡Uy, uy, uy!
Pobre del desgraciado que se cruce en su camino…

Cerca del estanque ve a una familia de ranas
que tranquilamente se está echando una siesta al sol.
—¡JE, JE, JE! Me voy a divertir –se regodea el pequeño malvado.

Y con un palo largo empieza a golpear
las hojas de los nenúfares
hasta tirar al agua a todas las ranas.
—¿No te da vergüenza molestar así a la gente? –grita la mamá rana–.

¡OSO MOLESTOSO!

Osito el Terrible está más que satisfecho
de su perversa acción.
—¡Je, je je! ¡Soy el terror de estos bosques!

Un poco más allá, levanta el hocico y descubre a sus nuevas víctimas.
Están jugando entre las ramas de un nogal, sin sospechar el peligro que corren.
—¡Sacad los paraguas! ¡Van a llover ardillas!

—¡Ji, ji, ji!
¡Cómo me divierto!

Y después, hace rabiar a los peces…

—¿Cuánto tiempo puedes
estar fuera del agua?
Venga, aguanta la respiración.
¡Ji, ji, ji!

…atormenta a los pequeños aguiluchos…

—¡Vuestros papás os han abandonado! ¡Estáis solos en el mundo!
¡Jo, jo, jo!
¡Cómo me divierto!

¡Mediodía! ¡Hay hambre!
Osito el Terrible se enfrenta a dos pequeños jabalíes
que almuerzan tranquilamente en el prado.
—¡Fuera, mocosos! ¡Esas setas son mías!

—Pero… –protestan los jabatos–. Nosotros
estábamos antes que usted, Señor el Terrible.

—¡Grrrrrr! ¡Soy el terror de estos bosques!

Y les da una patada en el trasero.

Devora con glotonería boletus, colmenillas y níscalos.
Después, para demostrar que él es quien manda,
pisotea salvajemente las setas que quedan
para que nadie más pueda comérselas.

Y, después de un gran eructo,
ordena a un faisán tembloroso:

—¡Acércate! No voy a hacerte daño...
Después de comer siempre hay que lavarse los dientes...
¡Ji, ji, ji!

¡CRAC!

Por el camino maltrata también a los topos…

—¡Grrrrrr!
¡Os voy a devorar, cegatos!

—¡OSO MOLESTOSO! –exclaman los papás indignados.

La noche cae por fin y la paz llega
a los habitantes del bosque.

Cuando Osito el Terrible se despierta no cree lo que ven sus ojos.
—¡Un hormiguero! Me encanta darles patadas.
Es divertido sembrar el pánico y ver cómo
miles de hormiguitas corren en todas direcciones…

—¿Qué hay, pequeño?

Aterrorizado, el osito no puede articular palabra.

La Señora Osa le dice con una dulce voz:
—Bueno, chico, ¿te ha comido la lengua el gato?
—¿Me va a pegar, señora?
—¿Por qué iba a hacer eso? –le contesta la Señora Osa–.
¿Cómo te llamas?
—Me llamo OSITO EL TERRIBLE.
Y soy…
el terror de estos bosques.

—¡Ah, tú eres el famoso Osito el Terrible! –exclama la Señora Osa–. Ya me han contado tus proezas… –añade con tono burlón–. Me pareces muy pequeño para vivir solo en el bosque…

—Soy huérfano ¡pero no necesito nada ni a nadie! –dice enfadado el pequeño tipo duro–. ¡Déjeme bajar!

La Señora Osa hace como si no le hubiera oído.
—Un pajarito me ha dicho que hay algo que tú nunca has tenido y que yo te voy a dar…

—¡No quiero regalos! –gruñe el Terrible–. ¡Tengo todo lo que necesito! ¡Déjeme bajar!

Entonces, la Señora Osa le da un beso en el hocico.

¡MUAC!

Nunca antes Osito el Terrible había sentido nada igual.
Fue algo muy dulce y muy cálido, y le hizo sentir un escalofrío.
La cabeza le dio vueltas y su corazoncito empezó a latir más deprisa.

—¿¿¿PE-PE-PERO QUÉ TRU-TRUCO ES É-ESE???

–Tartamudea el terror de los bosques totalmente trastornado.

—Los osos llamamos a eso un *piquito* –le cuenta la Señora Osa–.
Se llama también: ósculo, pico, beso, besito…
Mira, aquí tienes otro…
y otro más…

MUAC…

MUAC… MUAC…

—¿Me puede dar otro?

La Señora Osa se agacha y…

—¡Toma, Osito el Terrible!

¡MUAC!

El osito ríe alegremente.

—¡MÁS!

¡MÁS!

¡MÁS!

—¡MÁS!

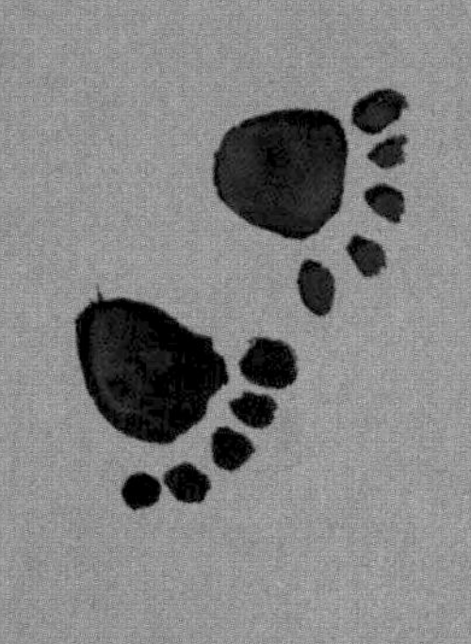
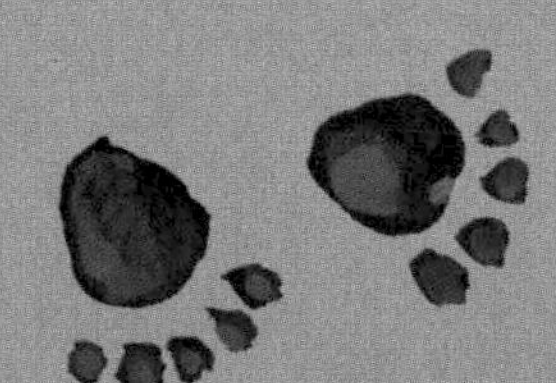
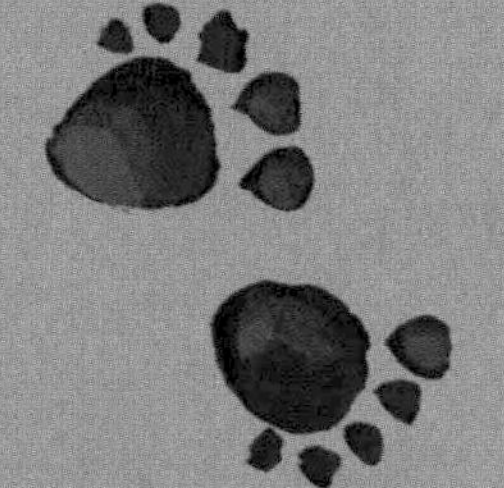
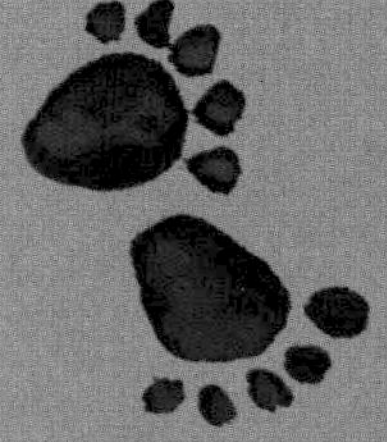